宇治川

UJIGAWA

Miwa Kohichi

三和幸一句集

青磁社

序文

尾池和夫

三和幸一さんの第一句集です。素晴らしい句集ができました。

三和幸一さんが金久美智子主宰の氷室俳句会に入会された時のことをよく覚えています。平成一八（二〇〇六）年三月一二日、日曜日の東宇治句会に、重富國宏さんの紹介で参加されました。製薬業の仕事で数字を扱っていましたと自己紹介されました。ちょうど氷室俳句会では『続氷室歳時記』の入力作業を始めた頃で、エクセルでその準備をしていました。

三和さんの製薬業でのお仕事は、手回し計算機と算盤から始まり、最後は総合情報センター長という重要な部署までつとめられたそうです。句集に仕事の経歴を絡めるなと言う俳人もいますが、私は句の背景を知ることが一句の鑑賞を深いものにするという考え方に賛成し、あえて簡単ながらご紹介しておきたいと思います。

三和さんの俳句に対する熱意は会員の話題になるほどで、平成一九年六月、早くも氷室集の巻頭句〈造成の土ねかさるる春の雨〉が記録されました。平成二一年度氷室作品コンクール受賞作品の題も「宇治川」でした。その年一〇月の巻頭句は、〈片陰もなき金魚田を抜けて来し〉、平成二三年度の巻頭句にも一月〈秋の蚊を払ひて指の触るるかな〉、四月〈人日や眼鏡のくもるままにゐて〉と、多くの巻頭句が記録され、平成二七年には氷稜集同人になりました。

三和さんはたいへん熱心な会員で、さまざまな行事に参加されました。俳句会のみならず、平成二四年三月三一日に宇治市生涯学習センターでの私の講演も聴いてくれました。樹氷句会にも参加して現在までつづけておられます。平成二七年三月二二日には、神戸句会一〇周年記念の句会にも一緒に出かけました。

氷室コンクールでは俳句の部のみならず、随筆の部にも応募され、多くの成果を残されました。平成一八年度の氷室コンクールでも受賞され、平成三〇年からは霞袂集同人として、氷室コンクールの審査を務めていただいています。

三和さんの住んでいる宇治市神明は、宇治市の南にあり、西には南から流れる木津川があって、昔は木材を大阪湾へ運ぶ川として知られていました。また、東には宇治川があり、琵琶湖からの豊富な水で、井出断層のずれによって隆起する山塊を激しく削りながら北へ向かって流れています。

宇治川は氷室俳句会発祥の地である京都市伏見区石田の南の辺りから、流れを西へ変え、やがて桂川、鴨川と合流し、木津川とも合流して、淀川として大阪湾へ流れていきます。

滋賀県の琵琶湖を含めて広大な淀川水系ができあがっており、その中に三和幸一さんの吟行地があって、この句集の中心を構成する句が生まれました。

花ふぶき川を背にして先陣碑
県祭やみに参加の河内弁
宇治橋の瀬音あらたや初つばめ

宇治川の先陣争いは、宇治川の戦いで、佐々木高綱と梶原景季が、源頼朝から与えられた名馬生唼《いけずき》と磨墨《するすみ》に乗って先陣を争った歴史です。『平家物語』などに描かれています。

鳳凰のとまりさうなる藤の棚
茶畑の起伏の中の桐の花
茶問屋の奥に簾の喫茶室
岩盤に残る化石や花こぶし

宇治川の西側には国宝で世界遺産の平等院鳳凰堂があって極楽浄土を拝むこと

ができます。宇治市の周辺には茶畑があり、宇治茶は、京都府、奈良県、滋賀県、三重県の四つの府県産の茶を、京都府内業者が府内で、宇治地域に由来する製法により仕上加工したものとされています。静岡茶、狭山茶と並び、日本三大茶といわれています。また、この辺りの隆起山塊には貝殻などの化石があり、茶畑の間の崖に見ることができます。

瀬田ものと知らずに今朝の蜆汁
おもかげの沖に遠のく夏の湖

宇治川の水は琵琶湖からの水です。芭蕉もしばしば歩を運んだ琵琶湖には、瀬田の蜆、本諸子など多くの産物があり、古代湖です。

叡山も愛宕もしづむ霞かな
法螺貝が地の息おこす山開
みづうみを抱ふる山の眠りけり

琵琶湖西岸断層の運動で隆起する比叡山や比良山系が俳句の風景を作り出しています。

火取虫ひたすらに振る試験管
木枯や研究棟に灯の絶えず

三和さんの句集には職場の風景もときに登場します。

救急車すべり込みたり百日紅
妻病めり針の先にも冬の来て
入院の妻や夕焼さへぎりて
妻逝くや透き通りたる蟬のこゑ
初秋の医師見送りし帰宅かな
妻の忌の零余子こぼれてをりにけり

句集にはご家族がたびたび登場し、奥様への深い思いが伝わります。

母の日の母を托して来たりけり
母の手や土なづるごと大根蒔く
苗札のところせましと母の畝
この冬を越えずに母の逝きにけり
足音の戻つては来ず貝割菜

また、母上を尊敬してたいせつになさっているご様子が三和さんの句に見受けられ、母上から多くをしっかり受け継いでこられた具体的なことが登場します。

心音を聴かるる吾や夏深し

三和さんご自身も循環器の持病との長いお付き合いがあり、心筋梗塞の治療を続ける私とは、心臓の話で、ときに盛り上がることもあります。
この句集には平成一八年、氷室俳句会に入会してから令和二年末までの主に俳誌「氷室」に掲載された句の中から三五五句を選んで発表年順にまとめ、年度の中では新年、晩冬、春、夏、秋、冬の順に並べました。全体を五章に分けてあります。作者と相談しながら楽しく選句作業を進めることができました。三和さんの個性がにじみ出た句集に仕上がってうれしく思い、また感謝しています。
三和さんは今、お嬢様と三人暮らしで、家事全般をこなす主夫ですと言われますが、時折体調不良も伺います。どうかこれからもお元気でますます吟行で体調を整えながら、俳句を詠み続けていただきたいと願っています。

二〇二二年一月　宇治市木幡の自宅にて

宇治川＊目次

句集

宇治川

先陣碑

平成十八―二十一年

平成十八年

金色のトライアングル春立ちぬ

破れ鉢重ねし底の薄氷

花ふぶき川を背にして先陣碑

県祭やみに参加の河内弁

葱坊主母整へし畝二つ

河骨や小屋のトタンの錆ふかみ

おもかげの沖に遠のく夏の湖

法螺貝が地の息おこす山開

黒雲の西日を押して沈めけり

火取虫ひたすらに振る試験管

平成十九年

御降りに杉は錆色深めけり

ひたすらに堰を越え来て水温む

瀬田ものと知らずに今朝の蜆汁

春の路地ぬけてまた路地湖あかり

湖の沖へ押しやる雛流し

春はやて湖しろきひとところ

初花に日差し明るき日なりけり

宇治橋の瀬音あらたや初つばめ

葉桜や父の遺しし文字僅か

卯波立つ沖を押しゆく渡し船

蓋あけて日向の香る豆ご飯

亜麻色の蝦はねてをり上り簗

新聞紙に棒包みして淡竹の子

立版古おこして遠き日の匂ひ

青空へ母が手を足す瓜の花

出水川ひたすら海を押しゐたり

金魚田の濁りに色の動きけり

物音のすべて遠退く箱眼鏡

秋暑し池の鯉にも水足して

焼け焦げの棒を拾へり虫送り

鰍突き気配を消してをりにけり

重陽や人のしづかに集ひ来て

雲切れて雲に浮き出る後の月

神農の笹はみだせる紙袋

温泉の試掘中断山眠る

新松子かたさに父を念ひけり

地謡を耳にとどめて柚子湯かな

平成二十年

福鍋の芋こげつきてゐたるなり

山眠る空を大きく余らせて

円陣を組むやうに落椿かな

蛸壺を繋ぐ縄目の春めけり

はなし声のせゐる春の渡し船

叡山も愛宕もしづむ霞かな

鳳凰のとまりさうなる藤の棚

うしろより夕闇せまる牛蛙

茶畑の起伏の中の桐の花

連れ添うて追うて追はれて夏の蝶

入院の妻や夕焼さへぎりて

炎天や鯉に古傘立ててやる

砂浜に一脚の椅子雲の峰

生身魂もんぺもどきを好まれて

六斎の鉦や笛の音かさね来て

犬小舎に敷く新藁を貰ひけり

母の手や土なづるごと大根蒔く

錆色の鹿のしづかな歩みかな

止め縄を解きし山に茸狩

冬近し山から水が音たてて
北辺に雲の集まる神無月

冬の虹きえてあつけらかんと海

仕留めたる様には触れず薬喰

凍雲の動くともなく寄せてをり

平成二十一年

みづうみの波かさねあふ手毬唄

観梅や畑に駐車ゆるされて

茶の山の畝はまどかに春の雪

竜天に昇りて残す潦

門前の地べたに坐る種物屋

清明や染物かわく匂ひして

苗札のところせましと母の畝

琴坂の明るきところ濃山吹

本流に鯉の跳ねたる立夏かな

担ひ来る竹の重さよ鯉幟

薫風や飛天の裳裾ひるがへり

父の日や藍の染みゐる竹の尺

雨音のずんずん重し沖縄忌

梅花藻の花に隠るる針魚かな

片蔭のなき金魚田を抜けて来し

竹炭も木炭も入れ鯰飼ふ

掛け声を己にかけて生身魂

糸瓜忌や暗峠晴れ渡る

一散に猿の遁るる芋畑

近江より来し大根を配りけり

しまけると滋賀のしぐれを言ふ人と

前垂れに拭うて寒さ言ひにけり

母の掌に下ろせる柿の重さかな

小春日や箱より蝦のこぼれゐて
みづうみを抱ふる山の眠りけり

太閤堤

平成二十二—二十四年

平成二十二年

母の摘む若菜や箕にのせて運ぶ

みづうみの濁りそめたる座禅草

北山へ雲をしづめて雨水かな

啓蟄や動き出したる空の色

階段を一気にのぼる初桜

茎立になりたるままの母の畑

底見ゆる川へ稚鮎を放ちけり

諸子釣る取水の堰に腰するゐて

一枚の代田へ降りる石の段

まくなぎをつれて吊橋渡りけり

土壁と同じ色して蛾のゐたり

北国の訛にもらふ淡竹の子

麦秋のとゐ波立つてをりにけり

鮎を掛く亀石といふ岩に立ち

夏負けや虎の如くに寝転びて

鰻筒つなぐ太閤堤なる

羽抜鶏目をつりあげて来りけり

ダム底を亀があゆめる旱かな

棒もつて畦あゆみをり生身魂

防災の日の雲ながれ川ながれ

秋晴や魚道に藁のうかびゐて

くわつと目を見開く闇に蚯蚓鳴く

秋風や羨道ふかく日の差して

雲間より夕日の届く稲田かな

人ごゑに鴉のまじる秋の暮

光環の崩れつつあり後の月

案内の人も袢おん祭

おうおうと声をつなげておん祭

立ち食ひの人に加はる大根焚

チャペルまで坂は急なり冬紅葉

喊声の遠く途切れて兎狩

平成二十三年

日脚伸び来て黒ぼこの匂ひかな

手を振つて歩めば天地春めけり

夕暮の光を切りて囀れり

うららかや尺ある鯉を釣り上げて

春はやてダム湖に三角波立ちて

水色の空かたよせて走り梅雨

その先は牛が草はむ蝸牛

空よりも植田明るくなりにけり

雲行きの急なり風の沖縄忌

あをあをと海もちあげて土用波

にぎやかに椅子を並べて土用灸

暁の鳶に目覚めぬ青葉潮

やはらかにとけゆく味噌や秋はじめ

子を送る二百十日の雨のなか
てのひらの月光うすく握りけり

途切れなき雨に鴉の子別れよ

夕空のうながすやうに柿紅葉

妻病めり針の先にも冬の来て

歳晩の水やはらかく飲みにけり

平成二十四年

宝船押し出すやうに敷きにけり

木枯や研究棟に灯の絶えず

探梅や遠くに鵯の海光り

雁風呂や足裏に触るる砂の粒

うすらひや風のかたちを残したる
初蝶の影をだいじに移りけり

鳥居のみ遺る社の山桜

乗つ込みや田舟の水路ゆづりあふ

瀬の音をはつかにうけて桐の花

みづうみの内湖へ田へと梅雨鯰

鼈も亀もころがる梅雨出水

ありていに言へば脱ぎ捨て蛇の衣

木漏れ日のなかより蛇のゆるりと来

救急車すべり込みたり百日紅

三本の支への桜返り咲く

腹這うて本読む虫の夜なりけり

地玉子の色やはらかき冬隣

黄落の峡に水音添ひゆけり

窓辺にて妻の爪切る小春かな

想ひ出のぷかりぽかりと冬至風呂

数へ日や襟を正して聞く話

関ヶ原

平成二十五―二十八年

平成二十五年

天日の香のこしてをりぬ小殿原

残雪に道たがへたり関ヶ原

坂のぼり来し禅寺の春障子

釣糸をはつかに引けり初諸子

切り口に缶を被せし桜咲く

亀鳴けり実験棟を見上ぐれば

摘み札を入れ置く小箱一番茶

野の花を挿して水口まつりけり

母の日の母を托して来たりけり

地震遠しゆるりと金魚鉢揺れて

水輪まだ出来ぬ軽さやあめんぼう

荒縄を靴に氷室の桜狩

朴の花むかし山犬ゐし山よ

短夜の枕辺の水余しけり

近道の意外に遠し雲の峰

峯雲に鉾の切つ先届きけり

蛇の衣ひつかけてゐるごんぼ竿

染物を乾しゐるにほひ大文字

焼餅の多きぜんざい在祭

月の出や鯉がゆるりと尾を返し

神農の虎が日暮の空を咬む

冬耕の眼に湖の波頭

転院の話なかばや冬の鵙

この冬を越えずに母の逝きにけり

平成二十六年

初夢や階下につねの母のこゑ

人日やじんわりと押す足のつぼ

枯蓮の風のまなかの通り径

靴底に食ひ込む小石冴返る

白酒をしみじみと飲みみぐいと飲み

春の田や空の深さに鳶入れて

みづうみへ山影せまる夕桜

雪止めの瓦が二列花大根

口笛を吹いて草笛吹きにけり

ことごとく雨うけとめて朴の花

麦秋の破風に水の字ありにけり

田の面の地渋かたより燕子花

蜘蛛の囲に思はぬ手抜きありにけり

講札の艶めく県祭かな

夏痩の背筋のばして座りけり

階段を一段とばす鯊日和

飛石のぐらりと二百十日かな

満ち足りてゐて枝先に稲雀

水澄めり氷室の沢といふところ

天井川こえて稲田の色たがふ

稲雀精米小屋に来てをりぬ

映りたる空がまんまる芋の露

大柚子のやうやく鬼の面構へ

小春日や鳶のやうに鴉とび

平成二十七年

竹林をゆく山城の恵方道

白梅や母の農具が納屋に錆び

辛口の地酒と味噌と蕗の薹

靴底の赤土おもき梅見かな

空き缶を蹴れば土筆が出てゐたり
街路樹のごつごつごつと芽吹きたり

養生の土あたらしき糸桜

我が庭の一樹も混じる花吹雪

雉のこゑ日は銀色に差して来て
一蹴のボールの先の柿若葉

金色院跡は代田となりにけり

早苗饗に提げて来たるは蝮酒

突堤の波に濡れゐる小鯵釣

垣根より犬の鼻先ゆすらうめ

干魚の目が抜けゐたり炎天下

水泳の母のゴールドメダルかな

鉾の鉦きこゆる中を急ぎけり

妻逝くや透き通りたる蟬のこゑ

銀漢や釘箱の釘みな錆びて

足音の戻つては来ず貝割菜

月に研ぐ石榴石あり二上山

落鮎の落ち尽くしたる川の色

ゐのこづちまみれの犬が犬を追ふ

山の端に雲を沈めて返り花

十二月八日面会日記書く

平成二十八年

染物の干し場の匂ひ冴返る

日溜りの香りにまみれ剪定す

浮鯛の次の影また次の影

挿木すや母の手際の目に浮かび

水音の峡より暮れて初蛍

明暮れの窓の開閉め柚子の花

草刈や地面に低き椅子すゑて

南風や川さかのぼる波頭

簗壺の鮎に混じれる鰉かな

祭壇に貝殻かます海開

茶問屋の奥に簾の喫茶室

鋲建ての目印の石磨きをり

初秋の医師見送りし帰宅かな

妻の忌の零余子こぼれてをりにけり

落し水あつまつてゆく日本海

山の端に入日の残る秋収

枯蓮の地渋に折れてをりにけり

人声のとだえて寒さ増しにけり

鳴き切つて鳥の飛び去る日短

風呂吹に母なつかしき夜なりけり

山国の重き蒲団の父の里

極月の梯子の先に電気技師

逆断層あるかも知れず霜柱

雪つけて湖国の人に逢ひにゆく

河馬

平成二十九―三十一年

平成二十九年

鍬はじめ半紙の米の零れたる

鍬はじめ川上は山かさね合ひ

寒声や河原に団旗ひるがへし

粗朶の束かかへて来たる雪間かな

雪代や鉄砲堰と指差して
青空の傷つくほどに剪定す

カヤックの掻き分けてゆく花筏

行く春の河馬をまるごと洗ひをり

茶摘籠のせてバイクの傾けり

一体は横向く地蔵麦の秋

染ぬきの鮎の一文字夏のれん

黒ぼこへ草と我が汗鋤き込めり

むらをさの触れ回り来る泥落し

寝息すこやか託児所の日の盛

宇治山の夕風はらみ山法師
稲妻の重なる宵となりにけり

干し鮎の脂のにじむ新聞紙

叱らるることなくなりぬ茸飯

突きたれば砂を散らして鰍かな

合宿のバスへ林檎の大袋

腐葉土を作る落葉を掻きにけり

煤逃の三宮まで来てしまふ

葉の裏の凍蝶うかと起しけり

平成三十年

山の端に月の大きく祝月

黒ぼこに靴めり込ませ若菜摘

珈琲の濃く立春のカフェテラス

春浅し首とれやすき雛魚炊いて

啓蟄や小寺のゆるき古引戸

のどけしや簞笥へ猫の跳び上がり

渦なして鯉のあぎとふ五月かな

昼顔や受話器に遠き妻の声

一山が花崗岩なり梅雨茸

天然の鮎よと指尺にてはかり
心音を聴かるる吾や夏深し

石組の灼くる名古曾の滝の跡

なにほども使はぬ硯洗ひけり

妻の忌の細く声ひき秋の蟬

水一荷船に積みをり秋の暮

悼　井深信男氏

桐の実や交り浅きまま逝きし

土岐氏なる飛地の村や猿酒

点滴の粒の連続冬に入る

鷹よぎる断崖のうへ庵ひとつ

静脈を薬が通る冬夕焼

母の忌の雪の生家に行きにけり

枕灯を消し数へ日のひとつ減る

化石

平成三十一（令和元）―令和二年

平成三十一（令和元）年

鳳凰の風切る音や寒に入る

みづうみの波かさねあふ春隣

豆撒いて静けきところ残りけり

灯明のひとすぢに春立ちにけり

春の水すこし寄り道してゆけり

強東風やからからからからと犬の皿

しやぼんだま吹き切つて口のこりけり

貝寄風や砂丘に驢馬の脚の跡

つちふるや材木市の艪のころ

岩盤に残る化石や花こぶし

神の棲む山より夏の立ちにけり

錆鍬のありたる辺り柿の花

袋角しろがね色となりにけり

靴持つて上る伽藍の緑雨かな

青田より水が一途に日本海

恐竜の眠る地層ぞ青楓

蟋蟀や仁王の腕に錆楔

箱庭に我家移してみたくなる

庭石の仏めきたる大暑かな

鵜篝の消えし河畔に残りけり

みづうみといふ月光の器かな

夜の秋になんぞ跳ねたる音のして

秋晴や羽もつものの風に乗る

断崖は火成岩なり芒原

朝霧のはしる暗峠越ゆ

綿虫や寺の土塀の罅割れて

棒鱈や店の奥なる船簞笥

葉牡丹や明日のための夜が来て

年惜しむ杉の古木に手を当てて

令和二年

杉山に星の残れる初景色

刈り落す杉葉匂へり斧始

数の子を噛む北海の音を噛む

餅を置く網付き戸棚松の内

寒晴や土手養生の粗筵

梅林へ下り来し径の野に消ゆる

春浅し竹屋の土間に縄の束

波の色うすくのこれる桜貝

根巻きせるものを後ろに苗木市

母の日や母の優勝メダル拭く

蛇を見し時より風のよどみけり

軒しづく聞く梅雨ごめの肘枕

大地にも年輪のあり青嵐

泉にて憩へば波郷身に近し

一反はある一枚の稲田かな

空壜のこつんと当る秋の暮

いかるがに風ゆきわたる猫じやらし

赤土を海へ押しゆく秋出水

眼裏のくれなゐとなり秋惜しむ

鎌祝ひ夕日大きく入りにけり

小春日の宇治大橋を渡りけり

露霜の畔に沿ひたる土竜塚

栈橋に依りてもの書く冬日和

古琵琶湖の流れの跡に初時雨

爆心と覚しき辺り落葉踏む

ありあまる白息をもて悼みけり

あとがき

私は戦後より宇治市の南端の高台に住み、育ってきました。遥かに京都市内を眺めつつ宇治川を往還して来た生活を主に詠んでおります。

俳句への出発は日本新薬株式会社を退職して数年を経てからですので、遅くなりました。しかし、仕事仲間の奥田義一氏（伊勢出身）が業界誌に発表されていた俳句を読んでいた事、当時の研究開発部門の河野辰彦氏（四国出身）が、折々に私の俳句試作の相手をして下さった事が大いに役立ったと思っています。更に私が俳句を趣味の中心に据えたと知ると大先輩の岡野實氏（元・常務）が水原秋桜子の色紙などを添えて激励して下さった事が励みになりました。厚く御礼申し上げます。

秋桜子の来社記念樹の桜と句碑が本社ビルの前庭にあります。「氷室」の師系の石田波郷と繋がりますので感慨深いものがあります。この句集は、私にとっては初めての句集であり、「氷室」の尾池和夫主宰に選句から出版に至るまで全てお世話になりました。貴重な時間を割いて下さった事に重ねてお礼申し上げます。併せて、「氷室」の編集長である尾池葉子さまには、日頃なにかと励まして下さる事に感謝申し上げます。更に、「氷室」入会の相談も、入会の手続きも、その後の行動も重冨國宏さまに相談して来ました事に感謝しています。

私は平成十八年に「氷室」入会、句歴十五年を越えました。入会時の主宰は金久美智子先生、お教えは「季語を詠へ」と「眼前をよく見る」でした。その後、「氷室」の名誉主宰としてご指導頂きました。残念ながら二〇一九年（令和元年）九月に亡くなられ、その直前に選句された句も、この句集に掲載しています。現在は、「氷室」主宰尾池和夫先生のご指導を受けています。この十五年間は、個人的には色々と人生の波乱がありましたが、尾池主宰をはじめ諸先輩、句友の方々が助言や励ましの言葉を掛けて下さった事に、改めて感謝、お礼申し上げます。

句集の発行に際しては、青磁社の永田淳氏にお世話になりました。厚く感謝いたします。

令和三年十二月

三和　幸一

著者略歴

三和　幸一（みわ　こういち）

昭和十五年　京都市生まれ
昭和三十九年　日本新薬株式会社　入社
平成十四年　同社　退職
平成十八年　「氷室」入会
平成二十九年度　「氷室」コンクール受賞
現　在　「氷室」同人　「漣」同人
俳人協会会員　京都俳句作家協会会員

現住所　〒六一一―〇〇二五　京都府宇治市神明宮東九三―三
電話　〇七七四―二一―四六〇三

句集　宇治川

氷室叢書

初版発行日　二〇二二年三月三〇日
著　者　三和幸一
定　価　二五〇〇円
発行者　永田　淳
発行所　青磁社
京都市北区上賀茂豊田町四〇—一（〒六〇三—八〇四五）
電話　〇七五—七〇五—二八三八
振替　〇〇九四〇—二—一二四二二四
https://seijisya.com
装　幀　加藤恒彦
印刷・製本　創栄図書印刷

ISBN978-4-86198-537-9 C0092 ¥2500E